# LÉON LÉONARD

## Les grandes Cités républicaines de France

### POÈME DÉMOCRATIQUE

#### LIVRE PREMIER

# LIMOGES

Dédicace — Avant-Propos
Hoc est in votis
La Victoire — Invocation
LIMOGES
Le Bataillon scolaire
Programme et Noms des Conseillers municipaux
élus le 4 mai 1881

### DEUXIÈME ÉDITION

LIMOGES
18, Rue des Taules — à la Librairie Nouvelle — Rue des Taules, 18
MICHEL VALADE
Et chez les principaux Libraires
Juin 1884

# AU CONSEIL MUNICIPAL

élu le 4 mai 1884

# LIMOGES

*HOMMAGE RESPECTUEUX*

# AVANT-PROPOS

L'auteur des *Grandes Cités républicaines de France* commence aujourd'hui sa publication par le livre intitulé *Limoges*. Certes, ce n'est pas sans une raison majeure que *Limoges* ouvre son œuvre, au lieu de tout autre ville plus importante. On trouvera cette préférence bien légitime quand on saura que c'est à Limoges qu'il a fait son apprentissage de la vie et que sa famille est originaire du Limousin.

Or, ce que sera l'ouvrage complet, le lecteur peut aisément se le figurer en songeant aux industries locales, aux richesses naturelles, aux hommes et aux institutions, aux monuments anciens et modernes, aux faits historiques, enfin, qui caractérisent les villes de France comme Paris, Lyon, Marseille, Bordeaux, Toulouse, Reims, Orléans, Poitiers, Rouen, etc., etc., et que, ses concitoyens aidant, l'auteur fera successivement paraître.

Il n'entrera donc pas ici dans aucun détail explicatif sur le plan et l'exécution de son travail. *Limoges*, où cependant l'imagination a joué le plus grand rôle, en donnera une idée suffisante qui permettra de préjuger de ce que sera l'ensemble.

Il doit à la reconnaissance de constater ici le bon accueil que les « Limogeaux » ont fait à ce premier livre, qui les intéresse tout particulièrement, et il les prie d'en recevoir ses remerciements sincères. Il ne saurait mieux leur en témoigner sa gratitude qu'en s'efforçant de faire aimer partout Limoges et les Limousins.

L. L.

# HOC EST IN VOTIS

A MON PÈRE

Père, te souvient-il de ce rêve souvent
Caressé dans ta chambre, alors que pluie et vent
     Avec rage fouettaient la vitre ?
C'est le rêve éternel et qu'Horace avait fait,
Le *mediocritas aurea*, dont l'effet
     Est cher au cœur à plus d'un titre.

Une blanche maison, aux volets verts, dont l'eau
Baigne les murs, un chien ; pour cadre à ce tableau
     Un bois frais, touffu, séculaire,
Plein d'enfants, plein d'oiseaux, plein d'astres, plein de fleurs
Tel est ce rêve-là, baume à tant de douleurs,
     Et dont notre horizon s'éclaire !

Réalisation trop lente, hélas ! Qui peut
Toujours exécuter à son gré ce qu'il veut ?
     Ici, des méchants ; là, des bornes.
Nous sommes exposés aux variations
De la température et des réactions
     Qui font parfois nos jours si mornes.

Seule, la persistance infatigable doit
Triompher du destin noir qui pose son doigt
     Sur le front de l'homme qui passe :
— Tu n'iras pas plus loin, lui dit-il... — Alors, lui,
Dont l'œil subitement, comme un éclair, a lu,
     Echappe aux sphinx, et dans l'espace

S'élance hardiment, fasciné par le but
Qu'il entrevit au loin, à l'âge où son cœur but
     Le calice de l'amertume...
Il l'atteindra vivant, l'esprit plein de ressort :
Il ne veut pas des fleurs qu'un ironique sort
     Jette sur un succès posthume.

Oui, la persévérance est la plus forte enfin.
Tout obstacle est franchi; le froid, le chaud, la faim
     Sont vaincus ; et voici le rêve,
D'abord simple apparence, ensuite corps flottant,
Qui se fixe au rivage où le sage l'attend,
     Et qui, selon nos vœux, s'achève !

Père, ce rêve-là, si souvent caressé,
Je le tiens, je le sens, je le vois !... Effacé
     Tout affront ! envolé tout doute !
Eclipsé tout jaloux ! — Tout ce que j'ai souffert,
Compensation douce, en bonheur m'est offert,
     Et je ne suis qu'à moitié route !

Voici les arbres verts arrondis en berceau,
Voici le chien fidèle, et le charmant ruisseau,

Et la coquette maison blanche !
Nous y sommes : le feu flambe dans le foyer ;
Voilà le grand buffet, la table de noyer,
  Et mes livres dorés sur tranche !

Car ce sont eux, mes vers, eux qui l'ont accompli,
Ce rêve ! Ce sont eux, sur lesquels j'ai pâli,
  Qui m'ont vengé de tout déboire !
Bouche close à jamais, détracteurs, envieux !
Va, je suis jeune encor, père, et toi pas trop vieux,
  Et pour deux c'est assez de gloire.

Pendant que les saisons argentent les cheveux,
Là, tes petits-enfants et tes petits-neveux
  Relisent les vers du poète
Qui ne désire rien tant que de vivre en paix,
Avant de s'endormir sur l'oreiller épais
  Où nulle affaire n'inquiète !

Limoges, le 22 mai 1884.

# LA VICTOIRE

Le scrutin d'hier est une
grande leçon. Il démontre,
de façon irréfutable, l'at-
tachement profond de notre
ville à la République.
H. L.
*(Le Petit Centre)*

*Ad majorem Populi gloriam.*

*Age libertate decembris.*
Horace.

## I

Sonnez, clairons ; battez, tambours ; en liesse, amis.
Tous les noirs réacteurs, gros bonnets, plats commis,
Devaient partout d'assaut prendre toutes les urnes...
La déroute est si prompte et le fiasco si grand
Que leur chef aux abois est fugitif, errant,
      Comme Marius à Minturnes.

Que nous voulez-vous donc, représentants caducs
De princes surannés et de séniles ducs,
Synonyme de nuit, équivalent de honte ?
On ne voit que vous seuls rôdant sur nos chemins ;
Exhibez vos pouvoirs, montrez vos parchemins
Pour qu'on les vérifie et qu'on en tienne compte !

Disparaissez, séquelle ! Évanouissez-vous,
Disciples d'Escobar, jésuites de Trévoux,
Que traîne à sa remorque une église qui sombre !
Alors que vous avez, hiboux, horreur du jour,
La lumière pénètre au fond de tout séjour
   Et ne laisse que vous de sombre.

Or, vous mourez, et meurt avec vous votre dard.
Limoges ne pouvait suivre votre étendard,
Pays prédestiné des franchises antiques,
Il veut, se gouvernant à son gré, sans bâillons,
Supprimer la misère aux sordides haillons
Qu'abritèrent toujours vos encombrants portiques.

Limoges, ce berceau du génie et de l'art,
Rompt en visière avec tous les rois à rifflard
Et tous les empereurs empanachés d'un aigle.
Comme le charbonnier, il est maître chez lui.
Depuis que le soleil des *Droits de l'homme* a lui,
   Sa liberté, voilà sa règle !

Quel que soit l'oppresseur, Bonaparte ou Bourbon,
Exploiteurs du public crédule, naïf, bon,
Souteneurs de la foi comme d'autres de filles,
Grâce à l'habileté de vos tacticiens,
Sous votre joug impur, ô magots, ô Prussiens,
Vous ne cessez jamais d'asservir les familles.

Allons, chauves-souris, à vos trous ! Le raja
Qui comblera les vœux que vous formez déjà

Est comme l'Antéchrist, il tarde bien, ce semble...
Nous voulons du travail, et vous des monceaux d'or ;
Nous demandons de l'air, et vous de l'or encor...
      Eh bien, thésaurisez ensemble !

Oui, de l'air, du travail, voilà tous nos besoins.
Assainissez la ville et que, par d'heureux soins,
Édiles, y pénètre aux regards de l'envie
Tout ce qui fait de l'homme un être libre, fier,
Tout ce qui n'était pas même embryon hier
Et qui sera demain l'essence de la vie.

Et toi, Fraternité, fais un faisceau des cœurs.
Quel âge florissant si déjà les vainqueurs
De ta loi magnifique appliquent les préceptes ;
Car voici de tout point, bataillons imposants,
Venir les ouvriers, amis des paysans,
      Où nous recrutons nos adeptes !

## II

Vive la République ! A ce cri tout cœur bat.
Les fruits de la victoire ont payé le combat.

## III

Triomphe sur toute la ligne !
Enfants du Limousin, bravo !

Votre attitude mâle, digne,
Dès lors vous élève au niveau
De toute légion insigne,
Et fait s'enfuir tout soliveau.

L'avenir est à vous, phalanges,
Vous qui n'avez point hésité,
Vous qui, vous dépouillant des langes
Où végète l'homme, hébété,
Invitez le Peuple aux vendanges
Du droit et de la liberté.

Allons, à l'œuvre ! — Champ immense,
Cerveaux ardents, esprits dispos
Sont prêts pour la grande semence
Qui tombe des plis des drapeaux
Où sont inscrits : Honneur ! Clémence !
Travail !... — A l'œuvre, et nul repos !

Nul repos que la République,
Ne redoutant plus les coquins,
En plein forum, au monde explique
Le *credo* des Républicains,
Et fasse à toute haute clique
Ce que Rome fit aux Tarquins.

Aux démocrates de la veille,
Ralliés à la vérité,
République, prête l'oreille
Dans ta souveraine équité,

Pour qu'à ton doux souffle s'éveille
Une nouvelle Humanité !

Une Humanité sans messie,
Une Humanité sans tyrans,
Où la Justice s'associe
Aux efforts des citoyens francs,
Et d'où l'infâme impéritie
Soit inconnue à tous les rangs !

## IV

Vive la République ! A ce cri tout cœur vibre.
On se sent plus vivant parce qu'on est plus libre.

## V

Limoges, ton exemple est grand comme ton nom.
Bientôt le vote aura raison du noir canon
    Dans la bataille des Idées,
Et le sabre, devant les moissons de la Paix,
Restera suspendu le long des murs épais,
    Inutile aux mains mieux guidées.

Plus de sang répandu ! plus d'orphelins en pleurs !
Plus de veuves n'ayant au fond de leurs douleurs
    Que l'amère désespérance !
La vie est chose bonne, et chacun a sa part

De bien-être ; et l'amour, franchissant tout rempart,
De bonheur inonde la France.

Paris, Lyon, Bordeaux, Marseille, Lille, Angers,
Limoges, désormais à l'abri des dangers,
Forts d'une édilité commune,
Verront — c'est commencé — les prêtres et les rois
S'en aller à vau-l'eau jusqu'à ce que la croix
Disparaisse avec leur fortune.

Non, Christ n'est pas dieu ; non, le droit divin n'est pas.
Ni l'enfer, ni le ciel n'attendent au trépas
L'âme, invention de l'église...
Loin de craindre un fantôme, expulsez sans retour
Les superstitions qu'une papale cour
Depuis des siècles symbolise.

Citoyens, aimez-vous. Aidez-vous, travailleurs.
Devenez à l'envi plus instruits et meilleurs,
Vous forcerez vos adversaires,
Ceux que vous combattez côte à côte, au scrutin,
Ceux qui masquent leur jeu burlesque de pantin
Et se figurent nécessaires ;

Vous les forcerez tous à se rendre à merci.
Comme ils sont affamés, ils sont lâches aussi.
Ils feront amende honorable.
— Ouvrez, ouvrez vos rangs, diront-ils ; nous voilà.
Nous étions insensés, aveugles, sous Sylla.
La République est admirable.

Mais vous les chasserez ces convertis, ces preux,
Dont il faut se garder ainsi que des lépreux,
  Et vous leur répondrez : — Au large !
Passez votre chemin, on ne peut vous donner...
Alors, ils riront jaune en entendant sonner,
  En entendant sonner la charge ;

La charge à fond de train contre tous les abus
Qui sont pour un pays le choléra-morbus,
  La peste, et peut-être encor pire ;
Et, pressés de trouver, ces Christophes Colombs,
Chercheront un nouveau monde où, nouveaux colons,
  Il pourront fonder leur empire.

## VI

Vive la République ! A ce cri tout cœur bat.
Vive la République ! A ce cri tout cœur vibre.
Les fruits de la victoire ont payé le combat.
On se sent plus vivant parce qu'on est plus libre.

Limoges, le 5 mai 1884

# INVOCATION

Je chante la cité vaillante de Limoges,
Ses enfants, ses héros, auxquels vont mes éloges,
Comme l'aigle au ciel bleu, comme la flèche au but.
J'apporte mon hommage ainsi qu'un doux tribut :
Hommage filial, empressé, que ma lyre
Traduit en chants nouveaux, qu'on se plaît à relire,
Et qui, charme des soirs de chômage ou d'hiver,
Font délaisser Gil-Blas, Robinson, Gulliver.
Limoges m'inspira mes premiers vers. A l'âge
Où le collégien songe à faire étalage
De sentiments qu'il feint, de l'esprit qu'il n'a pas,
Limoges conduisit mes pensers et mes pas.
De sa bibliothèque à ses travaux rustiques,
De ses vieux préjugés à ses châteaux antiques,
Allant dans mes loisirs, paisible observateur,
Je devenais par lui mon propre éducateur.
Quel passé que le sien ! quels hommes que les nôtres !
Erudits, magistrats, agronomes, apôtres,
Soldats, tribuns, docteurs : illustre légion
Qui fait du Limousin comme une région
A part, féconde en grands hommes, en grandes choses,
Redevable au progrès de ses métamorphoses,
Et, par-delà les mers, jusqu'aux plus lointains lieux,
Soleil resplendissant d'un éclat merveilleux,
Répandant les bienfaits de sa riche industrie
Et propageant l'amour de la mère-patrie.

Ainsi que des produits libre-échange des cœurs.
Qui parlait de blocus ? où donc sont les vainqueurs ?
Tous les ports sont ouverts ! mortes les lois agraires !
Grâce au commerce, enfin, tous les peuples sont frères.
Franche réunion d'amis laborieux,
Limoges, qui nous rends graves et sérieux,
Une fois qu'on a mis les lèvres à ta coupe,
Une fois que le cœur s'est senti battre au groupe
Généreux qui t'éclaire et te forme une cour
De solidarité, de concorde et d'amour,
Limoges, gloire à toi ! gloire à tout patriote !
Tu ne connus jamais Judas Iscariote.
Il ne se glisse point de traître dans ton sein :
Tout débat est public et public tout dessein.
Tu montras quel pouvoir naît de la discipline.
Pour ton panégyrique, oh ! que ne suis-je un Pline !
Ton triomphe est complet. Limoges, gloire à toi !
Gloire à tes conseillers en qui tu mis ta foi,
Dont tu peux abréger ou prolonger le rôle !
Voici que tes élus ont droit à la parole
Pour émettre des vœux et pour délibérer.
C'est le Peuple qu'en eux tu voulus honorer
En déjouant Basile et son clan de dévotes.
Un succès écrasant est sorti de tes votes.
D'Aguesseau, Dupuytren, Vergniaud, Brune, Jourdan,
Vous qui n'avez point bu la honte de Sedan,
Vous devez être fiers d'une telle victoire.
La ville en tressaillit sur tout son territoire.
Je n'invoquerai point Polymnie, Erato :

Ni le sacré vallon, ni le triple coteau
Que j'ai tant fréquentés, insoucieux bohème,
Ne recommanderaient ce modeste poème
Comme tes fils aînés, dignes triomphateurs,
Politiques profonds, sages législateurs,
Artistes sans rivaux, émailleurs sans émules !...
Limoges, qui jamais nulle part ne cumules,
Qui veux qu'on soit entier à son mandat, trouvant
Que plusieurs fonctions s'entre-nuisent souvent,
Tu dis au député : « Choisis ! ou l'un ou l'autre ! »
Mais au caméléon qui dans toute eau se vautre,
Un jour orléaniste, un jour républicain,
Tu réponds : « Ote-toi de mes yeux, ver-coquin ! »
Limoges, toi qui fais palpiter tant de braves,
Toi qui te délivras de toutes les entraves
Dont on chargeait naguère une foule sans voix ;
Limoges, dont les fils élevés au pavois
Surent se distinguer en tout, à toute époque,
Ce sont ces chers enfants qu'ici-même j'invoque.
Oui, j'invoque tous ceux qui, de ton pain nourris,
Sont allés, pionniers invincibles, épris
D'une idée, altérés du beau, chercheurs du juste,
Se retrempant toujours dans cette foi robuste
Qui résiste aux revers et s'accroît aux affronts ;
Oui, j'invoque tous ceux dont les lumineux fronts
Portant les plis creusés par l'étude et les veilles,
Ont scruté la nature, expliqué ses merveilles !...
Les héros fabuleux des homériques temps
Ne vont pas au genou même de nos titans.

Denis Dussoubs, Bugeaud, humains vrais, solidaires,
Eclipsent les Achille aux exploits légendaires.
Silhouette, Dorat, Gay-Lussac, Marmontel,
A ton ciel radieux montent, groupe immortel.
Je te chante, ivre d'art, ô brillante pléïade,
Digne de ce burin que l'on nomme *Iliade !*
Mais des célébrités, des constellations,
Comment dire, en ces vers, l'éclat, les actions,
Le nombre ? comment, seul, tenir le répertoire
De tous les noms fameux que consacre l'histoire ?
Vous donc qui partagez les belles palmes d'or
Que, dans son équité, Limoges donne encor,
Lauréats du travail, vainqueurs du destin louche,
O mes inspirateurs, faites que l'art qui touche
Les cœurs et les esprits, qui rend bons les méchants,
Communique ses dons suprêmes à mes chants !

# LIMOGES

Go ahead !

Toi que moufles et fours ont tant de fois noircie,
Salut, vieille cité de la démocratie !
Salut, Limoges ! — Toi, debout, c'est le droit fort.
Tes fils se sont montrés assez grands et stoïques,
Sans que l'on porte envie aux âges héroïques
Où la patrie était le but de tout effort.

Alors, rien n'importait, ni pertes, ni blessures.
L'homme ne craignait rien, hormis les flétrissures.
Alors, on ignorait trahison, lâcheté.
Sauvait-on les drapeaux au prix des citadelles ?
Tombait-on sur les corps de ses amis fidèles ?
C'était bien, par l'honneur tout étant racheté.

O bords luxuriants, sentiers frangés de mousse,
Bois touffus — souvenirs qu'en mon cœur rien n'émousse —
Vallons où j'égarais mes pas, sans plan tracé,
Mon amitié pour vous, chers amis, de loin date ;
Car, depuis ce temps-là, j'ai, comme Mithridate,
Bu le poison qui fait que l'homme est cuirassé.

Comme des gants usés, je jetai dans la lutte
Les *impedimenta* de nos joueurs de flûte,
Préjugés de naissance et d'éducation ;
Puis, débarrassé, libre, à l'instar des athlètes,
Nu, j'entrai dans l'arène où de vivants squelettes
Pratiquaient à l'envi la dislocation.

C'étaient des orateurs échevelés, des pîtres,
Bonzes, lamas, muftis, évêques et chapitres,
A faire désirer les ondes du Léthé.
On ne savait auquel entendre. Les oreilles
Ne percevaient que voix dissonnantes, pareilles
A celles qu'on ouït près des mares, l'été.

Tous les partis étaient sur les dents. Tous les postes
Gardés. De toutes parts attaques et ripostes,
Signaux, branle-bas, chocs. D'immenses tourbillons
Obscurcissaient les airs, de Londres jusqu'à Rome.
Cela sentait l'encens, la myrrhe, étrange arome
Que le vent dispersait de sillons en sillons.

Las, le gosier brûlant, les pieds meurtris, la lèvre
Exsangue, le cerveau pesant, le cœur en fièvre,
Et mille visions hantant son esprit lourd,
Nul ne chômait jamais dans ce camp fantastique,
Tant l'âpreté du gain, la soif cabalistique
S'emparaient de chacun, à tout le reste sourd !

C'est là que je tombai, jeune homme encore imberbe,
Inexpérimenté, républicain en herbe.

L'orientation dura quelques instants.
Je vis d'où le progrès venait, d'où la lumière
Partait ; et, m'élançant la tête la première,
Je pris place aux côtés des nouveaux combattants.

Pour Pierre, insigne honneur; pour Paul, crime notoire.
Excès dans les deux cas. Ingrat ou méritoire,
Je rompis hardiment, je rompis sans retour,
Avec tout un passé qui, de ses vieux glossaires,
M'étreignait dès l'enfance, ainsi que de ses serres
Etreint cruellement le rapace vautour.

Et quel instituteur opéra ce prodige ?
— O Limoges, toi-même ! Oui, toi-même, te dis-je !
Tu dessillas mes yeux, préparas mon cerveau,
Alors sans une idée, alors sans un principe,
Aux grandes vérités par qui tout s'émancipe,
Peuples et nations, monde ancien et nouveau.

Tu commenças Paris pour moi ; tu fus le maître,
Moi, l'élève ; et je fus docile, et je crus m'être
Fourvoyé jusque-là... J'avais pour compagnons
De fervents Limousins qui m'enfonçaient dans l'âme
L'éclair de leurs regards, perçants comme une lame,
Et dont j'ai conservé pieusement les noms.

Je dois une pensée à tes enfants, ces braves,
Qui préféraient l'exil aux « ignobles entraves »
Et que l'empire, gris d'un succès insolent,
Arracha tout à coup à leurs foyers paisibles ;

Je dois un souvenir aux héros invincibles,
Plus forts que Bonaparte au cortège sanglant.

Comme j'ai salué Limoges, je salue
Ses vénérés proscrits, demi-dieux, troupe élue,
Qu'en lettres d'or l'histoire au ciel du Panthéon
Inscrit pour l'avenir, à la honte éternelle
De la suite abhorrée autant que criminelle
De ce bandit qui fut Louis-Napoléon.

Limoges, à ton tour, triomphe!... L'étoile
Qui préside à ton sort a dissipé le voile
D'une nuit de vingt ans, de vingt ans exécrés !
Toi le grand boulevard des libertés conquises,
Tu survis fièrement aux comtes, aux marquises,
Souche des Pourceaugnac, tous morts, tous enterrés.

N'en veut pas à Molière, esprit bon, mais caustique.
Sur tout fourbe et tout fat s'exerçait sa critique ;
Mais d'une nullité rien ne peut rejaillir
Sur des concitoyens, naguère encore ilotes.
Ah ! pour un Pourceaugnac on eût dix sans-culottes
Dont chaque Limousin peut bien s'enorgueillir.

N'en veut pas à Molière. Aussi bien sa férule,
Comme la dent qui mord, comme le fer qui brûle,
Dût frapper dans le vif, à cette époque-là ;
Molière, précurseur — inconscient peut-être —
D'une société libre du frein du maître,
Déjà battait en brèche Ignace Loyola.

C'est toujours l'ennemi, le vieux cléricalisme.
Après Quatre-Vingt-Neuf, immense cataclysme
Où tout fut brusquement mis sens dessus dessous,
Le trône étant sans roi, l'autel étant sans prêtre,
Il semblait qu'à jamais ils allaient disparaître,
Les captateurs de legs, les quêteurs de gros sous !

Erreur ! erreur cent fois ! Cela fourmille, grouille.
Tels des vers dans du lard gâté. C'est une rouille
Qui ronge tout le corps social. Gare au krack !
C'est toujours l'ennemi que la France redoute...
Ah ! l'auteur de Tartufe aurait beau jeu sans doute
Dans cette comédie où moissonna Balzac !...


\*
\* \*


Le travail est la loi, la richesse, la gloire.
Si Lyon a le Rhône et si Nante a la Loire,
Toi, n'as-tu pas la Vienne aux sinueuses eaux,
Aux pittoresques bords ? Entre des bouquets d'herbe,
Avec le nonchaloir d'une beauté superbe,
Au tic-tac des moulins, au piou-piou des oiseaux,

Elle coule gaîment, serpentine folâtre,
Passant dans ses reflets de la moire à l'albâtre,
Et l'œil ravi sans fin suit son flot tout le jour,
Sans que jamais l'ennui, fils de la lassitude,
Empoigne le touriste, épris de solitude,
Comme le peintre d'art, comme l'époux d'amour.

L'homme utilise l'eau, le vent ; et l'étincelle
Que dans ses flancs obscurs le nuage recèle,
Il s'en sert à l'instar d'un puissant porte-voix.
L'eau devient du charbon l'auxiliaire féconde.
Aussi mainte fabrique a-t-elle pris sur l'onde
Droit de possession, à la façon des rois.

\*

Des rives de la Vienne aux rives de la Loire,
Le travail est la loi, la richesse, la gloire.
Inclinons-nous devant les habits de coutil.
Respect à toute main franche qui tient l'outil,
Que ce soit pioche ou lime, aiguille ou bien truelle,
Plume ou burin !... Mais foin de toute arme cruelle !
Foin des engins de guerre ! arrière les sabreurs !
Déposons tous les rois et tous les empereurs !
Arrière les oisifs, les fénéants ! arrière
Les piliers de tripot, les rôdeurs de barrière !
N'auront droit de cité que les seuls ouvriers.
Les lauriers de la paix, voilà les seuls lauriers
Admis à couronner le repos légitime
Après tout un passé de labeur et d'estime.

\*

Or, du faubourg Manigne au faubourg Montmailler,
Du matin jusqu'au soir, on entend travailler

Et chanter. La chanson, ô la force attractive !
Tout rayonne autour d'elle, esprits et fronts. Les chants
S'échappant rarement des lèvres des méchants,
La joie est du travail la sœur la plus active.

\* \*

Le marteau sur l'enclume et la rame sur l'eau
Accompagnent les voix, complètent le tableau.

\* \*

La féodalité, du haut de ses repaires,
Châlus ou Chalusset, avait fait de nos pères
De misérables serfs, à la glèbe attachés,
Dépendant des couvents comme des évêchés,
A la merci d'un comte injuste, brutal, ivre,
Qu'il fallait craindre, hélas ! lui que l'on faisait vivre.
La royauté, plus tard, en fit des sujets, sort
Qui ne valait pas mieux, puisque c'étaient la mort,
L'abjection, après comme avant, les tortures,
Selon les goûts du maître en quête d'aventures !
La faim était l'hôtesse ordinaire du toit.
Avec tous les devoirs pas le plus petit droit.
La Révolution les fit ce que nous sommes,
Egaux devant la loi, c'est-à-dire des hommes.

\* \*

Tout le passé, tous le fatras
Des institutions iniques,

Tous les systèmes scélérats
Appuyés sur des lois puniques,
Tout ce qui pouvait opprimer,
Tout ce qui pouvait désarmer
Le faible, l'ignorant, la femme,
Aux regards du Peuple-Solon,
Tout cela fut mis au pilon
Comme une marchandise infâme.

\*
\* \*

Ce fut un merveilleux réveil.
Jours géants de Quatre-Vingt-Treize,
Illuminés par ce soleil,
La Révolution française !

La Bastille prise en Juillet,
Ce fut une brusque éclaircie
Où l'on vit l'astre qui brillait,
L'astre de la démocratie !

On s'embrassait tant c'était beau.
L'accolade était familière :
Danton tutoyait Mirabeau,
Marat tutoyait Robespierre.

\*
\* \*

Or, soudain une éclipse a lieu.
Que faut-il que le pays fasse ?

Est-ce un libérateur, un dieu
Qui du soleil voile la face ?

Ah ! celui qui fait tout plier,
Etant le droit, il est la force,
Le Peuple se laisse lier
Par un centaure de la Corse.

Universel effarement !
Car des quatre coins de l'Europe
On n'entend sous le firmament
Que ce seul monstre qui galope.

Et chaque Etat de se liguer,
Prusse, Angleterre, Autriche, Espagne,
Pour parvenir à subjuguer
Ce grand singe de Charlemagne.

\*
\*   \*

Pourquoi de l'ombre à tout tableau ?
Austerlitz, fameuse épopée,
A comme revers Waterloo
Qui brise un nom comme une épée.

L'empire au fer dut ses succès,
Au fer il devra sa défaite.
Le meurtrier du droit français
Succombe, un jour, en pleine fête.

Quel vaste éclat de rire au Nord !
En vain Charles dix galvanise
La royauté frappée à mort...
C'est en exil qu'il agonise.

Louis-Philippe le suivra.
L'oncle mourut à Sainte-Hélène.
Le petit-neveu finira
A Chiselhurst, à bout d'haleine.

\* \*

La République vit toujours.
Et son médecin diagnostique
Une éternité de beaux jours
Et de prospère politique.

O Conseil, le Peuple a pesé
Et trouvé juste ton programme.
Or, mener sa barque est aisé
Lorsque de concert chacun rame.

Après cent versatilités,
Après mille écueils, sombre troupe,
Les nouvelles édilités
Voguent au port, le vent en poupe.

\* \*

Marche donc de l'avant puisqu'au progrès tu crois.
Eventre les quartiers, élargis les endroits

Où l'air, indispensable à la santé publique,
Circule à peine, entrant par une voie oblique.
Il est certaine rue au cœur de la cité,
Cloaque de débauche et de perversité,
Foyer d'exhalaisons infectes, délétères,
Qui fait tache au milieu de nos belles artères ;
Où, bien que *monseigneur* y rime à *rossignol*,
Il faudrait chaque jour des barils de phénol
Rien que pour procéder à sa simple toilette.
La désinfection ne sera point complète
Tant que ce vieux pâté ne sera pas détruit.
Dans cette rue immonde, où tout y sent son fruit,
Que ne peut effleurer la vierge qui s'ignore,
Allons, porte la pioche ; elle nous déshonore.
A bas de fond en comble et sens dessus dessous.
Une trouée, afin que les places Dussoubs
Et de la République aient leurs franches coudées.
De l'air pour les cités comme pour les idées.

*
*   *

Trace un réseau d'égouts pour écouler les eaux.
Donne à l'Hôtel-de-Ville un square où les oiseaux
Et les enfants viendront à qui mieux mieux s'ébattre.
Avec son vestibule aux escaliers d'albâtre,
Vraiment, l'Hôtel-de-Ville est d'un splendide effet.
Il convient à son maître, au Peuple, qui l'a fait,
Il fait bien le pendant du Palais-de-Justice.
Mais quelques frais bosquets, aux longs jours de solstice,

Quelques verts boulingrins, aux torrides chaleurs,
Un quinconce, un jet d'eau, des corbeilles de fleurs,
Cela ferait un cadre admirable à l'ensemble.
Puis, ce quartier aurait, ô Conseil, que t'en semble ?
Son lieu de promenade, à lui, réjouissant,
Douce invitation de repos au passant ;
Tandis que le terrain, devant l'Hôtel-de-Ville,
Reste inculte et désert, comme une place vile.
Donc, arrête, ô Conseil, qu'y mettre du gazon,
Des arbres et des bancs, n'est pas hors de saison.

\* \*

Creuse un bassin au Champ-de-Juillet, où les cygnes,
Comme les amoureux, se parleront par signes ;
Pendant que la poussière en fait un Sahara,
Presque aussi redouté qu'un livret d'opéra.
Pave, balaie, arrose, en sorte qu'avenues,
Places, routes, toujours fort bien entretenues,
Soient d'un accès facile et d'un parcours aisé.
Sis en amphithéâtre et très favorisé,
Ton sol se prête à tout, aux canaux comme aux berges.
Etablis des fourneaux nombreux, gratuits, auberges
Où les déshérités trouveront pain et lit.
Au séjour des heureux, que le goût embellit,
Aménage un asile aux besoins de l'infirme.
Que ta sollicitude ainsi partout s'affirme.
Va, ce ne sont point là paroles de rêveur.
Accorde au seul mérite, et non à la faveur,

L'emploi rétribué, le poste honorifique.
Développe chez tous l'esprit philosophique
En opposition à l'esprit de clocher,
Esprit étroit, mesquin, qui vous fait détacher
De tout ce que le cœur porte en soi de largesse.
L'esprit philosophique est fils de la sagesse.
Sa libéralité le rend content, joyeux.
On le sent à sa voix, on le lit dans ses yeux.
Il est fort contre tout : contre la tyrannie,
Contre l'adversité, contre la calomnie ;
Il brave le venin des gens, les coups du sort ;
Il est fort contre tout, même contre la mort.
C'est lui qui fait aimer son semblable, la vie ;
C'est lui qui, sans répit ni fatigue, convie
Les assoiffés du bien à la source du beau ;
C'est lui qui fait briller, Vérité, ton flambeau ;
C'est lui qui fait pencher, Justice, ta balance
Du côté du progrès ; lui qui, sans violence,
Accomplit son devoir ; qui me dicte ces vers ;
Qui fait être indulgent, même pour les pervers,
Et ne résiste pas à la douce prière.

\*
\* \*

Fais travailler le plus possible l'ouvrière.
La prostitution en absorbera moins.
Demande aux ouvriers, impartiaux témoins,
Ce qu'il est bon de faire à l'heure des chômages.
Les bras inoccupés réclament des dommages-

Intérêts, c'est logique. On ne meurt plus de faim.
Il n'est plus d'affamés ni d'affameurs enfin.
Pour mettre un frein durable à tout libertinage,
Pour que l'économie entre dans le ménage,
Bâtis énormément d'écoles, où l'on soit
Enseigné sans routine ; où ce qu'on y reçoit
Ne reçoive jamais un contrôle d'évêque;
Augmente ton musée et ta bibliothèque.
Quant aux églises...
                    L'heure où l'on transformera
Ces chefs-d'œuvre de l'art, où la foi s'égara,
En chaires de bon sens, où la pure croyance
Pour tout critérium n'aura que la science,
Cette heure n'est pas loin. A l'horloge du temps
Elle sonne... écoutez !... Encor quelques instants
Et les vaillants Foucauds de l'avenir, sans morgue,
Mêlés aux chœurs du Peuple, unis aux sons de l'orgue,
Au Quatorze-Juillet, grande solennité,
Y chanteront les chants de la fraternité.
Ces monuments, issus du Peuple, séculaires,
Redeviendront enfin des centres populaires,
Où le code d'amour, le code universel,
Remplacera la bible ainsi que le missel.
Cette heure n'est pas loin. Tous les gens à soutane,
Ont, en le pressentant, perdu la tramontane.
Aussi, du baptistère au confessionnal,
Les voit-on s'agiter dans un râle final.
Enfants, nous nous lancions la balle à tour de rôle.
De même lancent-ils chacun l'erreur qui frôle

L'athée et le croyant, Cousin comme Littré.
On a beau se tenir sur ses gardes, lettré
Ayant un arsenal d'armes inépuisable,
L'erreur fait brèche un jour, Protée insaisissable,
Ricoche d'âne à lynx, de Christ à Barrabas...
Travail de Pénélope et stériles débats
Qui grossiront avec le tas des mauvais livres
Jusqu'à ce que l'Etat leur coupe enfin les vivres.

\*
\*  \*

Réformateurs, bravo! bravo, Paul Bert ! bravo,
Vous qui posez le pied sur le terrain nouveau
Et qui prenant, hardis, le taureau par les cornes,
Du champ à conquérir circonscrivez les bornes.
La République ouverte appelle à son congrès
Tous les hommes de bien, qui marchent au progrès
D'un pas lent, réfléchi, quelque orage qu'il fasse,
Et qui regardent, yeux levés, le but en face.
Enfants de l'avant-garde, enfants perdus, hérauts,
Qui vivez en soldats et mourez en héros,
Amants d'une patrie heureuse d'être aimée,
Salut, salut à vous, comme au gros de l'armée !

\*
\*  \*

Eden-miniature, un coin délicieux
Vient d'arrêter mes pas et de frapper mes yeux...

Reposons-nous ici. L'on respire à son aise.
Ah ! si le Champ-de-Foire est comme une fournaise,
Place d'Orsay, c'est comme une verte oasis :
Là d'un charme infini tous les sens sont saisis.
C'est un jardin d'Armide où l'esprit las fait halte :
Diversion heureuse aux longs trottoirs d'asphalte.
On s'y livre, en passant, au doux farniente...
O paisible séjour ! ô séjour enchanté
Où tout ennui s'efface, où les heures sont brèves,
Où la réalité s'endort en de beaux rêves,
C'est toi le rendez-vous des lettrés, des songeurs,
Des couples dont on voit les subites rougeurs
Au détour d'une allée, au bout d'un frais parterre !
Mais qu'entends-je ?... C'est la musique militaire
Dont les sons belliqueux ont traversé les airs.
Limoges, en plein vent, donne aussi des concerts
A ses dilettanti, les artistes en blouse.
On les voit, le dimanche, assis sur la pelouse,
A l'ombre des tilleuls, près des petits enfants,
Savourer l'harmonie aux accords réchauffants.
Tantôt, Champ-de-Juillet, où tout ce monde étouffe,
Tantôt, place Jourdan, où pas la moindre touffe
Ne réjouit les yeux aveuglés par le vent,
Tantôt, place d'Orsay, l'eldorado vivant,
La Musique, pendant une heure, fait revivre
Auber ou Rossini, dont la foule s'enivre.

Quel est ce sanctuaire où des hommes penchés
Sur de vieux manuscrits, des vieux si recherchés,
Paraissent étrangers aux choses de la terre ?
Calme religieux, silencieux mystère !
Serait-ce Herculanum ou serait-ce Eleusis ?
Le temple de Cérès ou le temple d'Isis ?
Non. C'est tout uniment la Bibliothèque, arche,
Archives du génie humain toujours en marche,
Des temps diluviens trésors accumulés,
Echappés aux Omars comme aux flots affolés...
Est-il là le secret de tout hiéroglyphe ?
Moi, j'ai beau remonter le rocher de Sisyphe,
Demander le pourquoi de l'ordre universel,
De l'œuf qui fait l'oiseau, de l'eau qui fait le sel,
A ce sourd et muet, le sphinx, que rien ne touche,
Je me heurte sans fin, l'œil fixé sur sa bouche.
Qui je suis ? d'où je viens ? où je vais ? rien de sûr.
Le bluet dans les blés et l'astre dans l'azur
Ne me répondent mot... Questions sans réponse !
Abime de Pascal où mon esprit s'enfonce
Et d'où, quand je reviens, comme on revient d'un puits,
J'ai l'air halluciné, pauvre fou que je suis !
Cependant, un attrait invincible me porte
A franchir de ce seuil la vénérable porte.
Je me sens attiré par ces poudreux bouquins
Qui consolent du monde et de tous ses faquins.
L'édition *princeps* d'un ouvrage fort rare
Cause au bibliophile une ivresse bizarre.
A défaut d'incunable, un superbe elzévir
Jusqu'au septième ciel va pouvoir le ravir.

O vous que les chagrins ont abreuvés d'absinthe,
Que les deuils ont blanchis, venez dans cette enceinte!
S'il est un adjuvant aux douleurs d'ici-bas,
Ce n'est pas aux plaisirs, aux cartes, aux combats,
Qu'il faut le demander : il est là dans un livre,
Ami qui nous apprend à mourir comme à vivre,
Quand on sait le choisir et qu'on sait s'adapter
Les augustes leçons qu'il donne sans compter.

*
* *

L'antique Aurore aux doigts de rose
Ouvre les vasistas du jour.
O le spectacle grandiose,
Cathédrale, vu de ta tour !
Le soleil paraît, et la Vienne,
De quelque côté que l'on vienne,
De mille feux étincelant,
— Tandis qu'au bois l'oiseau module
Ses premiers airs — au loin ondule
Comme un immense ruban blanc.

Ont-ils frémi, tes saints de pierre ?
Ceux qui dorment sous tes arceaux,
Ont-ils soulevé leur paupière
Et senti tressaillir leurs os ?
Quand expira le Fils de l'homme,
Toute la terre, d'après Rome,
Eût d'affreux bouleversements.
Au moment où Rome enfin râle,

Vas-tu pas, vieille cathédrale,
Trembler jusqu'en tes fondements ?

Là-haut, le soleil qui se lève,
Symbole du progrès qui luit,
Dans le fourreau rentre le glaive
Et la croix au sein de la nuit.
Voici l'Humanité nouvelle :
Elle apparaît, elle nivelle
Les castes comme les cités ;
Puis l'égalité sociale
De ses flancs, mère géniale,
Tire des fils bien charpentés.

L'école a remplacé l'église
Et le lycéen le soldat;
Plus de chef qui vous brutalise,
Le Peuple accordant tout mandat!
Toute la jeunesse française,
Aux accents de la *Marseillaise*,
Prête à répondre à tout signal,
Connaît théorie et pratique :
C'est le brevet patriotique
Qu'elle arbore au champ communal.

L'école a remplacé l'église... —
Les privilèges abolis
Sont allés — qui s'en scandalise ? —
Rejoindre abeilles, fleurs de lys.

Eteintes les prérogatives !
Libres les initiatives
De l'homme jaune, noir ou blanc !
Tout ce qui le différencie
Au sein d'une démocratie,
Est la science et le talent.


En revenant à la nature,
Aux goûts simples, au vrai bonheur,
Nous revenons à la droiture,
À l'indépendance, à l'honneur.
Plus de déni qui vous irrite :
On brevète le seul mérite,
L'ayant droit seul est diplômé.
Même, le mérite, en cette ère
Profondément égalitaire,
Est, à son insu, proclamé.


Au-dessus de tous les conciles,
Au-dessus de tous les firmans,
Au-dessus des codes fossiles
De tous les vieux gouvernements,
Au-dessus des jurisconsultes,
Des décrets, des rescrits, des cultes,
Tu planes et tu planeras,
O Liberté de conscience,
Toi qui, dans ton impatience
Du joug, au Peuple tends les bras !

Limoges! Limoges! Limoges!
A tes enfants toujours bien cher,
Toi dont tous les martyrologes
Disent combien saigna leur chair,
Va, tu peux, fier de ta cocarde,
Serrer les rangs de l'avant-garde
Et primer les mâles vertus.
Annibal était à tes portes :
Hier, tu soufflas sur ses cohortes
Comme le vent sur des fétus.

Après sa débâcle inouïe,
Après son lamentable échec,
Tout autre qu'elle, évanouie,
N'eût plus fait voir ongles ni bec.
La Réaction, au contraire,
Comme une ânesse vient de braire,
Rêvant d'un nouveau carrousel.
Tant d'audace nous stupéfie :
Le champion qu'elle défie
Est le Suffrage universel.

# A LA VILLE DE LIMOGES

## LE BATAILLON SCOLAIRE[1]

*Aimez votre patrie ; enfants, aimez la France :*
*C'est le sol du travail, le ciel de l'espérance,*
*Le droit vivant, le bien debout, le beau grandi.*
*Pépinières de preux, vos bataillons scolaires*
*Vont tenir en respect les haines séculaires*
*De l'intempéré Nord contre le doux Midi.*

                                    L. L.

C'est le bataillon scolaire,
Magnifique et populaire
Dont la belle marche s'éclaire
Aux feux de la liberté,
Pendant que l'égalité
Le mène au champ de la fraternité.

Pour faire régner l'harmonie
Dans tout le mécanisme humain
Et nous pousser, la main unie,
Dans le plus glorieux chemin,
Rivaux des milices antiques,
Il faut assouplir notre corps
Aux exercices gymnastiques
Comme notre voix aux accords.

(1) Musique de l'auteur des paroles.

De ton amour, chère patrie,
Après le travail et les jeux,
Notre âme à son tour est nourrie,
Et ce pain-là rend courageux.
Aussi, notre reconnaissance
O France, augmentant chaque jour,
Nous aiderons à ta puissance,
Fortifiés par ton amour.

Du pays mâle pépinière,
Nous voulons, élèves-soldats,
N'abriter sous notre bannière
Que de nouveaux Léonidas ;
Car si la mort nous frappe à l'heure
Où le drapeau flotte, vainqueur,
Amis, que le citoyen meure
Sourire aux lèvres, joie au cœur.

C'est le bataillon scolaire,
Magnifique et populaire,
Dont la belle marche s'éclaire
Aux feux de la liberté,
Pendant que l'égalité
Le mène au champ de la fraternité.

Limoges, le 23 mai 1884.

# Élections Municipales du 4 Mai 1884

## COMMUNE DE LIMOGES

## PROGRAMME DES CANDIDATS RÉPUBLICAINS

*Proposés par le Comité central des Délégations ouvrières et des Cercles républicains de Limoges*

### PARTIE POLITIQUE

Les Conseillers municipaux devront demander, par émission de vœux, sinon d'une manière plus effective :

La revision de la Constitution, le rétablissement du scrutin de liste, la suppression du Sénat.

La liberté pleine et entière de réunion, d'association, de la presse.

La séparation des Eglises et de l'Etat, la suppression absolue du budget des cultes et retour à l'Etat des biens de main-morte.

La réforme plus complète de la magistrature, la suppression de l'inamovibilité, l'institution d'un jury correctionnel.

La durée provisoire, mais obligatoire pour tous, du service militaire actif réduite à trois ans.

Affranchissement de la commune au point de vue de son autonomie, en tant qu'elle ne touche pas à l'unité nationale.

Réforme économique ayant pour but d'améliorer la situation de la classe ouvrière et de lui faciliter, autant que possible, ses moyens d'existence.

Impôt unique et proportionnel sur les valeurs quelles qu'elles soient, étude de la suppression de l'octroi, et réforme complète de l'assiette de l'impôt dans un sens plus équitable.

Rachat des chemins de fer par la nation et leur exploitation par des Compagnies fermières.

Réduction des gros traitements, c'est-à-dire ceux des hauts fonctionnaires.

Rétribution de toutes les fonctions électives en raison de leur importance.

Représentation directe de toutes les classes de la société au sein des conseils d'administration publique.

Supprimer le cautionnement pour les sociétés ouvrières qui pourraient soumissionner aux travaux communaux.

## PARTIE ADMINISTRATIVE

Les conseillers municipaux ne doivent, en aucun cas, profiter de l'autorité attachée à leur mandat pour satisfaire leur intérêt personnel.

Ils s'engagent à n'accepter aucune fonction publique rétribuée pendant la durée de leur mandat, à ne solliciter, en qualité d'industriels, commerçants, représentants commerciaux, entrepreneurs de travaux, aucune affaire pour laquelle la commune devrait traiter directement ou indirectement avec eux.

Administrer avec prudence et sagesse les deniers de la commune.

Appliquer, en toutes circonstances, les conséquences du programme politique accepté par eux.

S'inspirer toujours des sentiments d'équité et de justice, travailler sans cesse à la réalisation des réformes économiques si nécessaires, et à la prospérité de la République telle que tout bon citoyen doit la désirer.

Les candidats devront signer ce programme et prendre l'engagement de ne pas se laisser porter sur aucune autre liste.

Les députés, sénateurs, ne pourront être conseillers municipaux, ces fonctions étant considérées comme incompatibles avec leur mandat.

Les élus devront rendre compte tous les ans, dans une réunion publique provoquée par eux, de la façon dont ils auront rempli le mandat qui leur aura été confié.

Organisation immédiate d'un bataillon scolaire au moins.

Etudier les moyens d'arriver à exempter de la cote

mobilière et personnelle tous citoyens payant un loyer au-dessous de 200 fr.

Création d'asiles de vieillards en attendant mieux, d'orphelinats agricoles et industriels dans le sens absolument laïque.

Laïcisation complète de tous les établissements publics encore dirigés par des congrégations religieuses de tout ordre.

Suppression de l'exploitation par entreprise du travail des prisons et des orphelinats.

Annexion aux écoles de cours préparatoires professionnels Instruction secondaire et gratuite après concours.

Favoriser le développement de l'instruction primaire, secondaire, professionnelle, industrielle et artistique.

Accorder comme moyen d'émulation les bourses des lycées aux élèves des écoles communales ayant obtenu les prix d'honneur.

Rechercher les moyens d'accorder gratuitement les fournitures scolaires à tous les élèves indistinctement (notamment en supprimant la subvention en argent du théâtre).

Créer des refuges pour les pauvres, ouvrir des fourneaux économiques dans les quartiers où la population ouvrière est agglomérée.

Epuration complète de tout le personnel a ti-républicain.

Confier directement aux ouvriers les fournitures et réparations d'entretien ; faire participer les sociétés ouvrières aux entreprises et travaux communaux, par la division en catégories spéciales à leur métier ou industrie, leur donner de préférence ceux qui se donnent de gré à gré, de manière à ne pas favoriser les monopoles, et mettre les pauvres comme les riches à même de concourir à tous les travaux et détruire ainsi toutes les spéculations si funestes d'ailleurs aux intérêts généraux de la commune.

Donner tous leurs soins aux importantes questions d'édilité dans toutes les branches, et surtout assainissement des quartiers insalubres, bon entretien des rues, etc.

Développement des chemins vicinaux ; faire restituer les chemins ou parcelles de chemins qui ont été indûment englobés au détriment de la commune.

Surveillance active des viandes, denrées alimentaires, boissons, etc., servant à la consommation des habitants.

Mettre à la retraite d'office tous les employés ou fonctionnaires rétribués par la commune après trente ans de service et soixante ans d'âge.

Nommer toujours de préférence aux emplois rétribués de la commune des citoyens habitant la ville.

Organiser un service médical de nuit.

S'occuper à faire ériger un cirque à demeure qui serait affecté aux distributions de prix, réunions publiques, etc.

Faire faire un plan coté et général de la ville de Limoges.

ARNOUX, BARJAUD DE LAFONT, BEAUBIAT, BÉCHADE, BOISSEUIL, DANIEL-LAMAZIÈRE, DAUTREMONT, DESPAUX, DUCLAIR, GOTTERON, GROS, JOUHANDEAU, PEYTAVI, RANSON, RAYMOND, SOUDANAS, SOUMY, TARRADE, conseillers sortants; AUBERT (Joseph), typographe; BOYRON, comptable; BARRIÈRE (Théophile), cordonnier; BAILLOT, négociant; CHABROL, négociant; CHALARD, dessinateur-mécanicien; DELMAS, pharmacien; GARDELLE, cordonnier; MARTIGNY, useur de grains; MOLLAT, licencié en droit; PILLAULT, pharmacien; POUMEAU (Léon), représentant de commerce; ROUCHAUD, dessinateur-mécanicien; RANTY (Laurent), négociant; SARAUDY, agent d'assurances; THUILLIER, journaliste.

NOTA. — Tous les signataires du programme ci-dessus ont été élus, sans exception, à une grande majorité.

Limoges. — J.-B. Chatras et Cie. 6-84.

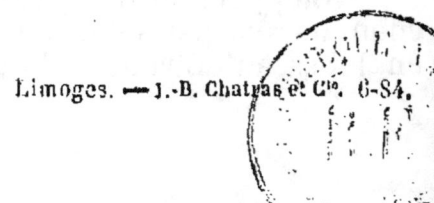

# Les grandes Cités républicaines de France

## Poème démocratique

POUR PARAITRE SUCCESSIVEMENT :

Livre II, **PARIS** ; livre III, **LYON** ; livre IV, **MARSEILLE**

etc., etc.

## DU MÊME AUTEUR

### POÉSIE

Les bords de la Vienne.
Les bords de la Glane.
Les chants de l'alouette.
Strophes républicaines.
Rêves et réalités.
Les ruines du cœur.
L'octogénaire, poème.

### DRAME

La femme libre, cinq actes, en vers.
Le petit musée, un acte, en prose.
Une émeute d'écoliers, un acte, en prose.
La fille de Cicéron, un acte, en vers.

### ROMAN

L'Europe en feu.
Monsieur Brid'oison en colère.
La femme qui tue.

Limoges. — Imp. Chatras et Cie. — 6-84.

www.ingramcontent.com/pod-product-compliance
Lightning Source LLC
Chambersburg PA
CBHW061701180626
46818CB00003B/1211